U0101663

紅樓夢第三十一回

撕扇子作千金一笑　因麒麟伏白首雙星

話說襲人見了自已吐的鮮血在地也就冷了半截想着往日常聽人說少年吐血年月不保縱然命長終是廢人了想起此言不覺將素日想着後來爭榮誇耀之心盡皆灰了眼中不覺的滴下淚來寶玉見他哭了也不覺心酸起來因問道你心裡覺着怎麽樣襲人勉强笑道好好兒的覺怎麽樣呢寶玉的意思即刻便要叫人燙黄酒要山羊血黎洞丸來襲人拉着他的手笑道你這一鬧不大緊鬧起多少人來倒抱怨我輕狂分明人不知道倒鬧的人知道了你也不好我也不好正經明兒你

打發小子問問王大夫去弄點子藥吃吃就好了人不知鬼不覺的不好嗎寶玉聽了有理也只得罷了向案上斟了茶來給襲人漱口襲人知寶玉心內也不安待要不叫他伏侍他又必不依況且定要驚動別人不如且由他去罷因此倚在榻上由寶玉去伏侍那天剛亮寶玉也顧不得梳洗忙穿衣出來將王濟仁叫來親自確問王濟仁問其原故不過是傷損便說了個丸藥的名字怎麽吃怎麽敷寶玉記了回園來依方調治不在話下這日正是端陽佳節蒲艾簪門虎符繫臂午間王夫人治了酒席請薛家母女等過節寶玉見寶釵淡淡的也不和他說話自知是昨日的原故王夫人見寶玉没精打彩也只當是昨

日金釧兒之事他沒好意思的越發不理他黛玉見寶玉懶懶的只當是他因爲得罪了寶釵的原故心中不受用形容也就懶懶的鳳姐昨日晚上王夫人就告訴了他寶玉金釧兒的事知道王夫人不喜歡自己如何敢說笑也就隨着王夫人的氣色行事更覺淡淡的迎春姐妹見衆人沒意思也都沒意思了因此大家坐了一坐就散了那黛玉天性喜散不喜聚他想的也有個道理他說人有聚就有散聚時喜歡到散時豈不清冷既清冷則生感傷所以不如倒是不聚的好比如那花兒開的時候兒叫人愛到謝的時候兒便增了許多惆悵所以倒是不開的好故此人以爲歡喜時他反以爲悲慟那寶玉的性情只

願人常聚不散花常開不謝及到筵散花謝雖有萬種悲傷也就沒奈何了因此今日之筵大家無興致了黛玉還不覺怎麽着倒是寶玉心中悶悶不樂囘至房中長吁短歎偏偏晴雯上來換衣裳不防又把扇子失了手掉在地下將骨子跌折寶玉因歎道蠢才蠢才將來怎麽樣明日你自己當家立業難道也是這麽顧前不顧後的晴雯冷笑道二爺近來氣大的狠行動就給臉子瞧前兒連襲人都打了今兒又來尋我的不是要踢要打憑爺去就是跌了扇子也筭不的什麽大事先時候兒什麽玻璃缸瑪瑙碗不知弄壞了多少也沒見個大氣兒這會子一把扇子就這麽着何苦來呢嫌我們就打發了我們再挑好

的便好離好散的倒不好寶玉聽了這些話氣的渾身亂戰因說道你不用忙將來橫竪有散的日子襲人在那邊早已聽見忙趕過來向寶玉道好好兒的又怎麼了可是我說的一時我不到就有事故兒晴雯聽了冷笑道姐姐既會說就該早來呀省了我們惹的生氣自古以來就只是你一個人會伏侍我們原不會伏侍因為你伏侍的好為什麼昨兒纔挨窩心脚啊我們不會伏侍的明日還不知犯什麼罪呢襲人聽了這話又是惱又是愧待要說幾句又見寶玉已經氣的黃了臉少不得自已忍了性子道好妹妹你出去逛逛兒原是我們的不是晴雯聽他說我們兩字自然是他和寶玉了不覺又添了醋意冷笑

幾聲道我倒不知道你們是誰別叫我替你們害臊了你們鬼鬼祟祟幹的那些事也瞞不過我去不是我說正經明公正道的連個姑娘還沒掙上去呢也不過和我是的那裏就稱起我們來了襲人羞得臉紫漲起來想想原是自已把話說錯了寶玉一面說道你們氣不忿我明日偏擡舉他襲人忙拉了寶玉的手道他一個糊塗人你和他分證什麼况且你素日又是有擔待的比這大的過去了多少今日是怎麼了晴雯冷笑道我原是糊塗人那裏配和我說話我不過奴才罷咧襲人聽說道姑娘到底是和我拌嘴是和二爺拌嘴呢要是心裏惱我你只和我說不犯著當着二爺吵要是惱二爺不該這麼吵的萬人

知道我纔也不過爲了事進來勸開了大家保重姑娘到尋上我的晦氣又不像是惱我又不像是惱二爺夾鎗帶棒終久是個什麽主意我就不說讓你說去說著便往外走寶玉向晴雯道你也不用生氣我也猜著你的心事了我回太太去你也大了打發你出去可好不好晴雯聽了這話不覺越傷起心來含淚說道我爲什麽出去要嫌我變着法兒打發我去也不能彀的寶玉道我何曾經過這樣吵鬧一定是你要出去了不如回太太打發你去罷說着站起來就要走襲人忙回身攔住笑道往那裡去寶玉道回太太去襲人笑道好沒意思認真的去回你也不怕臊了他就是他認真要去也等把這氣下去了等無

事中說話兒回了太太也不遲這會子急急的當一件正經事去回豈不叫太太犯疑寶玉道太太必不犯疑我只明說是他鬧着要去的晴雯哭道我多早晚鬧著要去了饒生了氣還拿話壓派我只管去回我一頭碰死了也不出這門兒寶玉道這又奇了你又不去你又只管鬧我經不起這麽吵不如去了倒干凈說着一定要去回襲人見攔不住只得跪下了碧痕秋紋麝月等衆丫鬟見吵鬧的利害都鴉雀無聞的在外頭聽消息這會子聽見襲人跪下央求便一齊進來都跪下了寶玉忙把襲人拉起来嘆了一聲在床上坐下叫衆人起去向襲人道叫我怎麽樣纔好這個心使碎了也沒人知道說着不覺滴下淚

來襲人見寶玉流下泪來自已也就哭了晴雯在傍哭著方欲
說話只見黛玉進來晴雯便出去了黛玉笑道大節下怎麽好
好兒的哭起來了難道是爲爭粽子吃爭惱了不成寶玉和襲
人都撲哧的一笑黛玉道二哥哥你不告訴我我不問就知道
了一面說一面拍着襲人的肩膀笑道好嫂子你告訴我必定
是你們兩口兒拌了嘴了告訴妹妹替你們和息和息襲人推
他道姑娘你鬧什麽我們一個丫頭姑娘只是混說黛玉笑道
你說你是丫頭我只拿你當嫂子待寶玉道你何苦來替他招
駡呢饒這麽着還有人說閒話還擱得住你來說這些個襲人
笑道姑娘你不知道我的心除非一口氣不來死了倒也罷了
黛玉笑道你死了别人不知怎麽樣我先就哭死了寶玉笑道

你死了我做和尚去襲人道你老實些兒罷何苦還混說黛玉
將兩個指頭一伸抿着嘴兒笑道做了兩個和尚了我從今巳
後都記着你做和尚的遭數兒寶玉聽了知道是點他前日的
話自已一笑也就罷了一時黛玉去了就有人來說薛大爺請
寶玉只得去了原來是吃酒不能推辭只得盡席而散晚間囘
來已帶了幾分酒踉蹌來至自已院内只見院中早把乘凉的
枕榻設下榻上有個人睡着寶玉只當是襲人一面在榻沿上
坐下一面推他問道疼的好些了只見那人翻身起來說何苦
來又招我寶玉一看原來不是襲人却是晴雯寶玉將他一拉

拉在身傍坐下笑道你的性子越發慣嬌了早起就是跌了扇子我不過說了那麼兩句你就說上那些話你說我也罷了襲人好意勸你又刮拉上他你自已想想該不該晴雯道怪熱的拉拉扯扯的做什麼叫人看見什麼樣兒呢我這個身子本不配坐在這裡寶玉笑道你既知道不配為什麼躺着呢晴雯沒的說嗤的又笑了說道你不來使的你來了就不配了起來讓我洗澡去襲人麝月都洗了我叫他們來寶玉笑道我纔又喝了好些酒還得洗洗你既沒洗拿水來偺們兩個洗晴雯搖手笑道罷罷我不敢惹爺還記得碧痕打發你洗澡啊足有兩三個時辰也不知道做什麼呢我們也不好進去後來洗完了進

去瞧瞧地下的水淹着床腿子連蓆子上都汪着水也不知是怎麼洗的笑了幾天我也沒工夫收拾水你也不用和我一塊兒洗今兒也凉快我也不洗了我倒是舀一盆水來你洗洗臉篦篦頭纔鴛鴦送了好些果子來都湃在那水晶缸裡呢叫他們打發你吃不好嗎寶玉笑道既這麼着你不洗就洗洗手給我拿果子來吃罷晴雯笑道可是說的我一個蠢才連扇子還跌折了那裡還配打發吃果子呢倘或再砸了盤子更了不得了寶玉笑道你愛砸就砸這些東西原不過是借人所用你愛這樣我愛那樣各自性情比如那扇子原是搧的你要撕着頑兒也可以使得只是別生氣時拿他出氣就如杯盤原是盛東

西的你喜歡聽那一聲响就故意砸了也是使得的只别在氣頭兒上拿他出氣這就是愛物了晴雯聽了笑道既這麼說你就拿了扇子來我撕我最喜歡聽撕的聲兒寶玉聽了便笑着遞給他晴雯果然接過來嗤的一聲撕了兩半接着又聽嗤嗤幾聲寶玉在傍笑着說撕的好再撕响些正說着只見麝月走過來瞪了一眼啐道少作點孽兒罷寶玉赶上來一把將他手裡的扇子也奪了遞給晴雯晴雯接了也撕作幾半子二人都大笑起來麝月道這是怎麼說拿我的東西開心兒寶玉笑道你打開扇子匣子揀去什麼好東西麝月道既這麼說就把扇子搬出來讓他儘力撕不好嗎寶玉笑道你就搬去麝月道我

可不造這樣孽他没折了手叫他自己搬去晴雯笑著便倚在床上說道我也乏了明兒再撕罷寶玉笑道古人云千金難買一笑幾把扇子能值幾何一面說一面叫襲人襲人纔換了衣服走出來小丫頭佳蕙過來拾去破扇大家乘凉不消細說至次日午間王夫人寶釵黛玉衆姐妹正在賈母房中坐著有人回道史大姑娘來了一時果見史湘雲帶領衆多丫鬟媳婦走進院來寶釵黛玉等忙迎至堦下相見青年姊妹經月不見一旦相逢自然是親密的一時進入房中請安問好都見過了賈母因說天熱把外頭的衣裳脫脫罷湘雲忙起身寬衣王夫人因笑道也没見穿上這些做什麼湘雲笑道都是二嬸娘叫穿

的誰願意穿這些寶釵一傍笑道姨媽不知道他穿衣裳還更愛穿別人的可記得舊年三四月裡他在這裡住着把寶兄弟的袍子穿上靴子也穿上帶子也繫上猛一瞧活脫兒就像是寶兄弟就是多兩個墜子他站在那椅子後頭哄的老太太只是叫寶玉你過來仔細那上頭掛的燈穗子招下灰來迷了眼他只是笑也不過去後來大家忍不住笑了老太太纔笑了還說扮作小子樣兒更好看了黛玉道這算什麼惟有前年正月裡接了他來住了兩日下起雪來老太太和舅母那日想是纔拜了影回來老太太的一件新大紅猩猩毡的斗蓬放在那裡誰知眼不見他就披上了又大又長他就拿了條汗巾子攔腰

繫上和丫頭們在後院子裡撲雪人兒頑一跤栽倒了弄了一身泥說着大家想起來都笑了寶釵笑問那周奶媽道周媽你們姑娘還那麼淘氣不淘氣了周奶媽也笑了迎春笑道淘氣也罷了我就嫌他愛說話也沒見睡在那裡還是咭咭呱呱笑一陣說一陣也不知是那裡來的那些謊話王夫人道只怕如今好了前日有人家來相看眼見有婆婆家了還是那麼著賈母因問今日還是住着還是家去呢周奶媽笑道老太太沒有看見衣裳都帶了來了可不住兩天湘雲問寶玉道寶哥哥不在家麼寶釵笑道他再不想別人只想寶兄弟兩個人好頑笑這可見還沒改了淘氣賈母道如今你們大了別提小名兒了

剛說着只見寶玉來了笑道雲妹妹來了怎麼前日打發人接你去不來王夫人道這裡老太太纔說這一個他又來提名道姓的了黛玉道你哥哥有好東西等著給你呢湘雲道什麼好東西寶玉笑道你信他幾日不見越發高了湘雲笑道襲人姐姐好寶玉道好多謝你想着湘雲道我給他帶了好東西來了說着拿出絹子來挽着一個扢搭寶玉道又是什麼好物兒你倒不如把前日送來的那絳紋石的戒指兒帶兩個給他湘雲笑道這是什麼說着便打開衆人看時果然是上次送來的那絳紋戒指一包四個黛玉笑道你們瞧瞧他這個人前日一般的打發人給我們送來你就把他的也帶了來豈不省事今日

巴巴兒的自已帶了來我打諒又是什麼新奇東西呢原來還是他真真你是個糊塗人湘雲笑道你纔糊塗呢我把這理說出來大家評評誰糊塗給你們送東西就是使來的人不用說話拿進來一看自然就知道是送姑娘們的要帶了他們的來須得我告訴來人這是那一個女孩兒的那是那一個女孩兒的那使來的人明白還好再糊塗些他們的名字多了記不清楚混鬧胡說的反倒連你們的都攪混了要是打發個女人來還好偏前日又打發小子來可怎麼說女孩兒們的名字呢還是我來給他們帶了來豈不清白說着把戒指放下說道襲人姐姐一個鴛鴦姐姐一個金釧兒姐姐一個平兒姐姐一個這

倒是四個人的難道小子們也記得這麼清楚衆人聽了都笑道果然明白寶玉笑道還是這麼會說話不讓人黛玉聽了冷笑道他不會說話就配帶金麒麟了一面說著便起身走了幸而諸人都不曾聽見只有寶釵抿着嘴兒一笑寶玉聽見了倒自已後悔又說錯了話忽見寶釵一笑由不得也一笑寶釵見寶玉笑了忙起身走開找了黛玉說笑去了賈母因向湘雲道喝了茶歇歇兒瞧瞧你嫂子們去園裏也凉快和你姐姐們去逛逛湘雲答應了因將三個戒指兒包上歇了歇便起身要瞧鳳姐等去衆奶娘丫頭跟着到了鳳姐那裏說笑了一回出来便往大觀園來見過了李紈少坐片時便往怡紅院來找襲

人因回頭說道你們不必跟着只管瞧你們的親戚去留下縷兒伏侍就是了衆人應了自去尋姑覔嫂单剩下湘雲翠縷兩個翠縷道這荷花怎麼還不開湘雲道時候兒還沒到呢翠縷道這也和偺們家池子裏的一樣也是樓子花兒湘雲道他們這個還不及偺們的翠縷道他們那邊有顆石榴接連四五枝真是樓子上起樓子這也難爲他長湘雲道花草也是和人一樣氣脉充足長的就好翠縷把臉一扭說道我不信這話要說和人一樣我怎麼沒見過頭上又長出一個頭來的人呢湘雲聽了由不得一笑說道我說你不用說話你偏愛說這叫人怎麽答言呢天地間都賦陰陽二氣所生或正或邪或奇或怪千

變萬化都是陰陽順逆就是一生出來人人罕見的究竟道理還是一樣翠縷道這麼說起來從古至今開天闢地都是些陰陽了湘雲笑道糊塗東西越說越放屁什麼都是些陰陽况且陰陽兩個字還只是一個字陽盡了就是陰陰盡了就是陽不是陰盡了又有一個陽生出來陽盡了又有個陰生出來翠縷道這糊塗死我了什麼是個陰陽沒影沒形的我只問姑娘這陰陽是怎麼個樣兒湘雲道這陰陽不過是個氣罷了器物付了纔成形質譬如天是陽地就是陰水是陰火就是陽日是陽月就是陰翠縷聽了笑道是了是了我今兒可明白了怪道人都管着日頭叫太陽呢算命的管著月亮叫什麼太陰星就是這個理了湘雲笑道阿彌陀佛剛剛兒的明白了翠縷道這些東西有陰陽也罷了難道那些蚊子虼蚤蠓蟲兒花兒草兒瓦片兒磚頭兒也有陰陽不成湘雲道怎麼沒有呢比如那一個樹葉兒還分陰陽呢向上朝陽的就是陽背陰覆下的就是陰了翠縷聽了點頭笑道原來這麼著我可明白了只是咱們這手裡的扇子怎麼是陽怎麼是陰呢湘雲道這邊正面就爲陽那反面就爲陰翠縷又點頭笑了還要拿幾件東西要問因想不起什麼來猛低頭看見湘雲宮絛上的金麒麟便提起來笑道姑娘這個難道也有陰陽湘雲道走獸飛禽雄爲陽雌爲陰牝爲陰牡爲陽怎麼沒有呢翠縷道這是公的還是母的呢湘

雲啐道什麼公的母的又胡說了翠縷道這也罷了怎麼東西都有陰陽偺們人倒没有陰陽呢湘雲沉了臉說道下流東西好生走罷越問越說出好的來了翠縷道這有什麼不告訴我的呢我也知道了不用難我湘雲撲哧的笑道你知道什麼翠縷道姑娘是陽我就是陰湘雲拿着絹子掩着嘴笑起來翠縷道說的是了就笑的這麼樣湘雲道狠是狠是翠縷道人家說主子爲陽奴才爲陰我連這個大道理也不懂得湘雲笑道你狠懂得正說着只見薔薇架下金晃晃的一件東西湘雲指着問道你看那是什麼翠縷聽了忙赶去拾起來看着笑道可分出陰陽來了說着先拿湘雲的麒麟瞧湘雲要把揀的瞧瞧翠

縷只管不放手笑道是件寶貝姑娘瞧不得這是從那裡來的好奇怪我只從來在這裡没見人有這個湘雲道拿來我瞧瞧翠縷將手一撒笑道姑娘請看湘雲舉目一看却是文彩輝煌的一個金麒麟比自已佩的又大又有文彩湘雲伸手擎在掌上心裡不知怎麼一動似有所感忽見寶玉從那邊來了笑道你在這日頭底下做什麼呢怎麼不找襲人去呢湘雲連忙將那個麒麟藏起道正要去呢偺們一處走說着大家進了怡紅院來襲人正在堦下倚檻迎風忽見湘雲來了連忙迎下來攜手笑說一向别情一面進來讓坐寶玉因問道你該早来我得了一件好東西專等你呢說着一面在身上掏了半天嗳呀了

一聲便問襲人那個東西你收起來了麽襲人道什麽東西寶玉道前日得的麒麟襲人道你天天帶在身上的怎麽問我寶玉聽了將手一拍說道這可丟了往那裡找去就要起身自己尋去湘雲聽了方知是寶玉遺落的便笑問道你幾時又有個麒麟了寶玉道前日好容易得的呢不知多早晚丟了我也糊塗了湘雲笑道幸而是個頑的東西還是這麼慌張說着將手一撒笑道你瞧瞧是這個不是寶玉一見由不得歡喜非常要知後事下回分解

紅樓夢第三十一回終

紅樓夢第三十二回

訴肺腑心迷活寶玉　含恥辱情烈死金釧

話說寶玉見那麒麟心中甚是歡喜便伸手來拿笑道虧你揀着了你是怎麽撿着的湘雲笑道幸而是這個明日倘或把印也丟了難道也就罷了不成寶玉笑道倒是丟了印平常若丟了這個我就該死了襲人倒了茶來與湘雲吃一面笑道大姑娘我前日聽見你大喜呀湘雲紅了臉扭過頭去吃茶一聲也不答應襲人笑道這會子又害臊了你還記得那幾年偺們在西邊煖閣上住着晚上你和我說的話那會子不害臊這會子怎麽又臊了湘雲的臉越發紅了勉强笑道你還說呢那會子

偺們那麽好後來我們太太没了我家去住了一程子怎麽就把你配給了他我來了你就不那麽待我了襲人也紅了臉笑道罷喲先頭裡姐姐長姐姐短哄着我替梳頭洗臉做這個弄那個如今拿出小姐款兒來了你既拿款我敢親近嗎湘雲道阿彌陀佛枉寃哉我要這麽着就立刻死了你瞧瞧這麽大熱天我來了必定先瞧瞧你不信問縷兒我在家時時刻刻那一回不想念你幾句襲人和寶玉聽了都笑勸道說頑話兒你又認真了還是這麽性兒急湘雲道你不說你的話咽人倒說人性急一面說一面打開絹子將戒指遞與襲人襲人感謝不盡因笑道你前日送你姐姐們的我已經得了今日你親自

又送來可見是沒忘了我就爲這個試出你來了戒指兒能值多少可見你的心真史湘雲道是誰給你的襲人道是寶姑娘給我的湘雲嘆道我只當林姐姐送你的原來是寶姐姐給了你我天天在家裡想着這些姐姐們再沒一個比寶姐姐好的可惜我們不是一個娘養的我但凡有這麽個親姐姐就是沒了父母也沒妨礙的說着眼圈兒就紅了寶玉道罷罷罷不用提起這個話了史湘雲道提這個便怎麽我知道你的心病恐怕你的林妹妹聽見又嗔我讚了寶姐姐了可是爲這個不是襲人在傍嗤的一笑說道雲姑娘你如今大了越發心直嘴快了寶玉笑道我說你們這幾個人難說話果然不錯史湘雲道好哥哥你不必說話叫我惡心只會在我跟前說話見了你林妹妹又不知怎麽好了襲人道且別說頑話正有一件事要求你呢史湘雲便問什麽事襲人道有一雙鞋摳了墊心子我這兩日身上不好不得做你可有工夫沒我做做史湘雲道這又奇了你家放着這些巧人不算還有什麽針線上的裁剪上的怎麽叫我做起來你的活計叫人做誰好意思不做呢襲人笑道你又糊塗了你難道不知道我們這屋裡的針線是不要那些針線上的人做的史湘雲聽了便知是寶玉的鞋因笑道既這麽說我就替你做做罷只是一件你的我纔做別人的我可不能襲人笑道又來了我是個什麽兒就敢煩你做鞋了實告

許你可不是我的你別管是誰的橫豎我領情就是了史湘雲道論理你的東西也不知煩我作了多少今日我倒不做的原故你必定也知道襲人道我倒也不知道史湘雲冷笑道前日我聽見把我做的扇套兒拿著和人家比賭氣又鉸了我早就聽見了你還瞞我這會子又叫我做我成了你們奴才了寶玉忙笑道前日的那個本不知是你做的襲人也笑道他本不知是你做的是我哄他的話說是新近外頭有個會做活的扎的絕出奇的好花兒叫他們拿了一個扇套兒試試看好不好他就信了拿出去給這個瞧那個看的不知怎麼又惹惱了那一位鉸了兩段回來他還叫趕著做去我纔說了是你做的他後

悔的什麼似的史湘雲道這越發奇了林姑娘也犯不上生氣他既會剪就叫他做襲人道他可不做呢饒這麼着老太太還怕他勞碌着了大夫又說好生靜養纔好誰還肯煩他做呢舊年好一年的工夫做了個香袋兒今年半年還沒見拿針線呢正說着有人來回說興隆街的大爺來了老爺叫二爺出去會寶玉聽了便知賈雨村來了心中好不自在襲人忙去拿衣服寶玉一面登著靴子一面抱怨道有老爺和他坐着就罷了回回定要見我史湘雲一邊搖着扇子笑道自然你能迎賓接客老爺纔叫你出去呢寶玉道那裡是老爺都是他自已要請我見的湘雲笑道主雅客來勤自然你有些警動他的好處他纔

要會你寶玉道罷罷我也不過俗中又俗的一個俗人罷了並不願和這些人來往湘雲笑道還是這個性兒改不了如今大了你就不願意去考舉人進士的也該常會會這些為官作宦的談講談講那些仕途經濟也好將來應酬事務日後也有個正經朋友讓你成年家只在我們隊裡攪的出些什麼來寶玉聽了大覺逆耳便道姑娘請別的屋裡坐坐罷我這裡仔細腌臢了你這樣知經濟的人襲人連忙解說道姑娘快別說他上回也是寶姑娘說過一回他也不管人臉上過不去咳了一聲拿起脚來就走了寶姑娘的話也沒說完見他走了登時羞的臉通紅說不是不說又不是幸而是寶姑娘那要是林姑娘不知又鬧的怎麼樣哭的怎麼樣呢提起這些話來寶姑娘叫人敬重自已過了一會子去了我倒過不去只當他惱了誰知過後還是照舊一樣真真是有涵養心地寬大的誰知這一位反倒和他生分了那林姑娘見他賭氣不理他後來不知陪多少不是呢寶玉道林姑娘從來說過這些混賬話嗎要是他也說過這些混賬話我早和他生分了襲人和湘雲都點頭笑道這原是混賬話麼原來黛玉知道史湘雲在這裡寶玉一定又赶來說麒麟的原故因心下忖度著近日寶玉弄來的外傳野史多半才子佳人都因小巧玩物上撮合或有鴛鴦或有鳳凰或玉環金佩或鮫帕鸞縧皆由小物而遂終身之願今忽見寶玉

也有麒麟便恐借此生隙同湘雲也做出那些風流佳事來因而悄悄走來見機行事以察二人之意不想剛走進來正聽見湘雲說經濟一事寶玉又說林妹妹不說這些混賬話要說這話我也和他生分了黛玉聽了這話不覺又喜又驚又悲又嘆所喜者果然自己眼力不錯素日認他是個知己果然是個知已所驚者他在人前一片私心稱揚于我其親熱厚密竟不避嫌疑所嘆者你既為我的知已自然我亦可為你的知已既你我為知已又何必有金玉之論呢既有金玉之論也該你我有之又何必來一寶釵呢所悲者父母早逝雖有銘心刻骨之言無人為我主張况近日每覺神思恍惚病已漸成醫者更云氣弱血虧恐致勞怯之症我雖為你的知已但恐不能久待你縱為我的知已奈我薄命何想到此間不禁淚又下來待要進去相見自覺無味便一面拭淚一面抽身回去了這裡寶玉忙忙的穿了衣裳出來忽見黛玉在前面慢慢的走着似乎有拭淚之狀便忙赶着上來笑道妹妹往那裡去怎麽又哭了又是誰得罪了你了黛玉回頭見是寶玉便勉强笑道好好的我何曾哭來寶玉笑道你瞧瞧眼睛上的淚珠兒没乾還撒謊呢一面說一面禁不住抬起手來替他拭淚黛玉忙向後退了幾步說道你又要死了又這麽動手動脚的寶玉笑道說話忘了情不覺的動了手也就顧不得死活黛玉道死了倒不值什麽只是

丟下了什麼金又是什麼麒麟可怎麽好呢一句話又把寶玉說急了趕上來問道你還說這些話到底是咒我還是氣我呢黛玉見問方想起前日的事來遂自悔這話又說造次了忙笑道你別著急我原說錯了這有什麼要緊筋都疊暴起來急的一臉汗一面說一面也近前伸手替他拭面上的汗寶玉瞅了半天方說道你放心黛玉聽了怔了半天說道我有什麼不放心的我不明白你這個話你倒說說怎麽放心不放心寶玉嘆了一口氣問道你果然不明白這話難道我素日在你身上的心都用錯了連你的意思若體貼不着就難怪你天天爲我生氣了黛玉道我真不明白放心不放心的話寶玉點頭嘆道好

妹妹你別哄我你真不明白這話不但我素日白用了心且連你素日待我的心也都辜負了你皆因都是不放心的原故纔弄了一身的病了但凡寬慰些這病也不得一日重似一日了黛玉聽了這話如轟雷掣電細細思之竟比自己肺腑中掏出來的還覺懇切竟有萬句言語滿心要說只是半個字也不能吐只管怔怔的瞅着他此時寶玉心中也有萬句言詞不知一時從那一句說起却也怔怔的瞅着黛玉兩個人怔了半天黛玉只咳了一聲眼中淚直流下來回身便走寶玉忙上前拉住道好妹妹且略站住我說一句話再走黛玉一面拭淚一面將手推開說道有什麼可說的你的話我都知道了口裏說着

却頭也不回竟去了寶玉望着只管發起獃來原來方纔出來忙了不曾帶得扇子襲人怕他熱忙拿了扇子赶來送給他猛抬頭看見黛玉和他站着一時黛玉走了他還站着不動因而赶上來說道你也不帶了扇子去虧了我看見赶着送來寶玉正出了神見襲人和他說話並未看出是誰只管呆著臉說道好妹妹我的這個心從來不敢說今日膽大說出來就是死了也是甘心的我為你也弄了一身的病又不敢告訴人只好捱着等你的病好了只怕我的病纔得好呢睡裡夢裡也忘不了你襲人聽了驚疑不止又是怕又是急又是臊連忙推他道這是那裡的話你是怎麽着了還不快去嗎寶玉一時醒過來方

知是襲人雖然羞的滿面紫漲却仍是獃獃的接了扇子一句話也沒有竟自走去這裡襲人見他去後想他方纔之言必是因黛玉而起如此看來倒怕將來難免不才之事令人可驚可畏却是如何處治方能免此醜禍想到此間也不覺呆呆的發起怔來誰知寶釵恰從那邊走來笑道大毒日頭地下出什麽神呢襲人見問忙笑說道我纔見兩個雀兒打架倒很有個頑意兒就看住了寶釵道寶兄弟纔穿了衣服忙忙的那裡去了我要叫住問他呢只是他慌慌張張的走過去竟像沒理會我的所以沒問襲人道老爺叫他出去的寶釵聽了忙說道嗳喲這麽大熱的天叫他做什麽別是想起什麽來生了氣叫他出

去教訓一場罷襲人笑道不是這個想必有客要會寶釵笑道這個客也沒意思這麼熱天不在家裡凉快跑什麼襲人笑道你可說麼寶釵因問雲丫頭在你們家做什麼呢襲人笑道纔說了會子閑話兒又瞧了會子我前日粘的鞋帮子明日還求他做去呢寶釵聽見這話便兩邊回頭看無人來往笑道你這麼個明白人怎麼一時半刻的就不會體諒人我近來看著雲姑娘的神情兒風裡言風裡語的聽起來在家裡一點兒做不得主他們家嫌費用大竟不用那些針線上的人差不多兒的東西都是他們娘兒們動手為什麼這幾次他來了他和我說話兒見沒人在跟前他就說家裡累的慌我再問他兩何家常過日子的話他就連眼圈兒都紅了嘴裡含含糊糊待說不說

的看他的形景兒自然從小兒沒了父母是苦的我看見他也不覺的傷起心來襲人見說這話將手一拍道是了怪道上月我求他打十根蝴蝶兒結子過了那些日子纔打發人送來還說這是粗打的且在別處將就使罷要匀淨的等明日來住著再好生打如今聽姑娘這話想來我們求他他不好推辭不知他在家裡怎麼三更半夜的做呢可是我也糊塗了早知道是這麼着我也不該求他寶釵道上次他告訴我說在家裡做活做到三更天要是替別人做一點半點兒那些奶奶太太們還不受用呢襲人道偏我們那個牛心的小爺憑着小的大的活

計一概不要家裡這些活計上的人做我又弄不開這些寶釵笑道你理他呢只管叫人做去就是了襲人道那裡哄的過他他纔是認得出來呢說不得我只好慢慢的累去罷了寶釵笑道你不必忙我替你做些就是了襲人笑道當真的這可就是我的造化了晚上我親自過來一句話未了忽見一個老婆子忙忙走來說道這是那裡說起金釧兒姑娘好好兒的投井死了襲人聽得唬了一跳忙問那個金釧兒那老婆子道那裡還有兩個金釧兒呢就是太太屋裡的前日不知為什麼攆出去在家裡哭天抹淚的也都不理會他誰知找不着他纔有打水的人說那東南角上井裡打水見一個屍首趕著叫人打撈起

來誰知是他他們還只管亂着要救那裡中用了呢寶釵道這也奇了襲人聽說點頭讚嘆想素日同氣之情不覺流下淚來寶釵聽見這話忙向王夫人處來這裡襲人自回去了寶釵來至王夫人房裡只見鴉雀無聞獨有王夫人在裡間房內坐着垂淚寶釵便不好提這事只得一旁坐下王夫人便問你打那裡來寶釵道打園裡來王夫人道你打園裡來可曾見你寶兄弟寶釵道纔倒看見他了穿著衣裳出去了不知那裡去王夫人點頭歎道你可知道一件奇事金釧兒忽然投井死了寶釵見說道怎麼好好兒的投井這也奇了王夫人道原是前日他把我一件東西弄壞了我一時生氣打了他兩下子攆了下去

我只說氣他幾天還叫他上來誰知他這麼氣性大就投井死了豈不是我的罪過寶釵笑道姨娘是慈善人固然是這麼想據我看來他並不是賭氣投井多半他下去住着或是在井傍邊兒頑失了脚掉下去的他在上頭拘束慣了這一出去自然要到各處去頑頑逛逛兒豈有這樣大氣的理總然有這樣大氣也不過是個糊塗人也不為可惜王夫人點頭歎道雖然如此到底我心裡不安寶釵笑道姨娘也不勞關心十分過不去不過多賞他幾兩銀子發送他也就盡了主僕之情了王夫人道纔剛我賞了五十兩銀子給他媽原要還把你姐妹們的新衣裳給他兩件粧裹誰知可巧都沒有什麼新做的衣裳只有

你林妹妹做生日的兩套我想你林妹妹那孩子素日是個有心的況且他也三災八難的既說了給他作生日這會子又給人去粧裹豈不忌諱因這麼着我纔現叫裁縫赶着做一套給他要是別的丫頭賞他幾兩銀子也就完了金釧兒雖然是個丫頭素日在我跟前比我的女孩兒差不多兒口裡說著不覺流下淚來寶釵忙道姨娘這會子何用叫裁縫赶去我前日倒做了兩套拿來給他豈不省事況且他活的時候兒也穿過我的舊衣裳身量也相對王夫人道雖然這樣難道你不忌諱寶釵笑道姨娘放心我從來不計較這些一面說一面起身就走王夫人忙叫了兩個人跟寶釵去一時寶釵取了衣服回來只

見寶玉在王夫人旁邊坐著垂淚王夫人正纔說他因見寶釵
来了就掩住口不說了寶釵見此景况察言觀色早知覺了七
八分于是將衣服交明王夫人王夫人便將金釧兒的母親叫
來拿了去了後事如何下回分解

紅樓夢第三十二回終

見寶玉在王夫人旁邊坐着垂淚王夫人正說他因見寶釵
來了欲掩住口不說了寶釵見此景况察言觀色早知覺了七
八分于是將衣服交明王夫人王夫人便將金釧兒的母親叫
來拿了去了後事如何下回分解

紅樓夢第三十二回終

手足耽耽小動唇舌　不肖種種大承笞撻

却說王夫人喚上金釧兒的母親來拿了幾件簪環當面賞了又吩咐請幾衆僧人念經超度他金釧兒的母親磕了頭謝了出去原來寶玉會過雨村回來聽見金釧兒含羞自盡心中早已五內摧傷進來又被王夫人數說教訓了一番也無可回說看見寶釵進來方得便走出茫然不知何往背着手低着頭一面感嘆一面慢慢的信步走至廳上剛轉過屏門不想對面來了一人正往裡走可巧撞了個滿懷只聽那人喝一聲站住寶玉唬了一跳抬頭看時不是別人却是他父親早不覺倒抽了

一口涼氣只得垂手一旁站着賈政道好端端的你垂頭喪氣的嗐什麼方纔雨村來了要見你那半天纔出來既出來了全無一點慷慨揮灑的談吐仍是委委瑣瑣的我看你臉上一團私慾愁悶氣色這會子又咳聲嘆氣你那些還不足還不自在無故這樣是什麼緣故寶玉素日雖然口角伶俐此時一心却爲金釧兒感傷恨不得也身亡命殞如今見他父親說這些話究竟不曾聽明白了只是怔怔的站着賈政見他惶悚應對不似往日原本無氣的這一來倒生了三分氣方欲說話忽有門上人來回忠順親王府裡有人來要見老爺賈政聽了心下疑惑暗暗思忖道素日並不與忠順府來往爲什麼今日打發人

來一面想一面命快請廳上坐急忙進內更衣出來接見時却是忠順府長府官一面彼此見了禮歸坐獻茶未及敘談那長府官先就說道下官此來並非擅造潭府皆因奉命而來有一件事相求看王爺面上敢煩老先生做主不但王爺知情且連下官輩亦感謝不盡賈政聽了這話摸不着頭腦忙陪笑起身問道大人既奉王命而來不知有何見諭望大人宣明學生好遵諭承辦那長府官冷笑道也不必承辦只用老先生一句話就完了我們府裡有一個做小旦的琪官一向好好在府如今竟三五日不見回去各處去找又摸不著他的道路因此各處察訪這一城內十停人倒有八停人都說他近日和啣玉的那

位令郎相與甚厚下官輩聽了尊府不比別家可以擅來索取因此啓明王爺王爺亦說若是別的戲子呢一百個也罷了只是這琪官隨机應答謹慎老成甚合我老人家的心境斷斷少不得此人故此求老先生轉致令郎請將琪官放回一則可慰王爺諄諄奉懇之意二則下官輩也可免操勞求覓之苦說畢忙打一躬賈政聽了這話又驚又氣即命喚寶玉出來寶玉也不知是何原故忙忙趕來賈政便問該死的奴才你在家不讀書也罷了怎麼又做出這些無法無天的事來那琪官現是忠順王爺駕前承奉的人你是何等草莽無故引逗他出來如今禍及于我寶玉聽了唬了一跳忙回道實在不知此事究竟琪

官兩個字不知爲何物况更加以引逗二字說着便哭賈政未及開口只見那長府官冷笑道公子也不必隱飾或藏在家或知其下落早說出來我們也少受些辛苦豈不念公子之德呢寶玉連說實在不知恐是訛傳也未見得那長官冷笑兩聲道現有証據必定當着老大人說出來公子豈不吃虧既說不知此人那紅汗巾子怎得到了公子腰裡寶玉聽了這話不覺轟了魂魄目瞪口呆心下自思這話他如何知道他既連這樣機密事都知道了大約別的瞞不過他不如打發他去了免得再說出別的事來因說道大人既知他的底細如何連他置買房舍這樣大事倒不曉得了聽得說他如今在東郊離城二十里

有個什麽紫檀堡他在那裡置了幾畝田地幾間房舍想是在那裡也未可知那長府官聽了笑道這樣說一定是在那裡了我且去找一回若有了便罷若没有還要來請教說着便忙忙的告辭走了賈政此時氣得目瞪口歪一面送那官員一面回頭命寶玉不許動回來有話問你一直送那官去了纔回身時忽見賈環帶着幾個小厮一陣亂跑賈政喝命小厮給我快打賈環見了他父親嚇得骨軟筋酥趕忙低頭站住賈政便問你跑什麽帶著你的那些人都不管你不知往那裡去由你野馬一般喝叫跟上學的人呢賈環見他父親甚怒便乘機說道方纔原不會跑只因從那井邊一過那井裡淹死了一個丫頭我

看腦袋這麼大身子這麼粗泡的實在可怕所以纔赶着跑過來了賈政聽了驚疑問道好端端誰去跳井我家從無這樣事情自祖宗以來皆是寬柔待下大約我近年於家務疎懶自然執事人操尅奪之權致使弄出這暴殄輕生的禍來若外人知道祖宗的顏面何在喝命叫賈璉賴大來小厮們答應了一聲方欲去叫賈環忙上前拉住賈政袍襟貼膝跪下道老爺不用生氣此事除太太屋裡的人別人一點也不知道我聽見我母親說說到這句便回頭四顧一看賈政知其意將眼色一丟小厮們明白都往兩邊後面退去賈環便悄悄說道我母親告訴我說寶玉哥哥前日在太太屋裡拉著太太的丫頭金釧兒强姦不遂打了一頓金釧兒便賭氣投井死了話未說完把個賈政氣得面如金紙大叫拿寶玉来一面說一面便往書房去喝命今日再有人来勸我我把這冠帶家私一應就交與他和寶玉過去我免不得做個罪人把這幾根煩惱鬓毛剃去尋個干净去處自了也免得上辱先人下生逆子之罪衆門客僕從見賈政這個形景便知又是爲寶玉了一個個咬指吐舌連忙退出賈政喘吁吁直挺挺的坐在椅子上滿面淚痕一疊連聲拿寶玉來拿大棍拿繩來把門都關上有人傳信往裡頭去立刻打死衆小厮們只得齊齊答應著有幾個來找寶玉那寶玉聽見賈政吩咐他不許動早知凶多吉少那裡知道賈環又添了

許多的話正在廳上旋轉怎得個人往裡頭梢信偏偏的沒個人來連焙茗也不知在那裡正盼望時只見一個老媽媽出來寶玉如得了珍寶便赶上來拉他說道快進去告訴老爺要打我呢快去快去要緊要緊寶玉一則急了說話不明白二則老婆子偏偏又耳聾不曾聽見是什麼話把要緊二字只聽做跳井二字便笑道跳井讓他跳去二爺怕什麼寶玉見是個聾子便着急道你出去叫我的小厮來罷那婆子道有什麼不了的事老早的完了太太又賞了銀子怎麼不了事呢寶玉急的手脚正沒抓尋處只見賈政的小厮走來逼著他出去了賈政一見眼都紅了也不暇問他在外流蕩優伶表贈私物在家荒踈

學業逼淫母婢只喝命堵起嘴來着實打死小厮們不敢違只得將寶玉按在櫈上舉起大板打了十來下寶玉自知不能討饒只是嗚嗚的哭賈政還嫌打的輕一脚踢開掌板的自己奪過板子來狠命的又打了十幾下寶玉生來未經過這樣苦楚起先覺得打的疼不過還亂嚷亂哭後來漸漸氣弱聲嘶哽咽不出衆門客見打的不祥了赶著上來懇求奪勸賈政那裡肯聽說道你們問問他幹的勾當可饒不可饒素日皆是你們這些人把他釀壞了到這步田地還來勸解明日釀到他弒父弒君你們纔不勸不成衆人聽這話不好知道氣急了忙亂着覔人進去給信王夫人聽了不及去回賈母便忙穿衣出來也不

顧有人没人忙忙扶了一個丫頭趕往書房中來慌得衆門客小厮等避之不及賈政正要再打一見王夫人進來更加火上澆油那板子越下去的又狠又快按寶玉的兩個小厮忙鬆手走開寶玉早已動彈不得了賈政還欲打時早被王夫人抱住板子賈政道罷了罷了今日必定要氣死我纔罷王夫人哭道寶玉雖然該打老爺也要保重且炎暑天氣老太太身上又不大好打死寶玉事小倘或老太太一時不自在了豈不事大賈政冷笑道倒休提這話我養了這不肖的孽障我已不孝平昔教訓他一番又有衆人護持不如趁今日結果了他的狗命以絶將來之患說着便要繩來勒死王夫人連忙抱住哭道老爺

雖然應當管教兒子也要看夫妻分上我如今已五十歲的人只有這個孽障必定苦苦的以他爲法我也不敢深勸今日越發要弄死他豈不是有意絶我呢既要勒死他索性先勒死我再勒死他我們娘兒們不如一同死了在陰司裡也得個倚靠說畢抱住寶玉放聲大哭起來賈政聽了此話不覺長嘆一聲向椅上坐了淚如雨下王夫人抱着寶玉只見他面白氣弱底下穿着一條綠紗小衣一片皆是血漬禁不住解下汗巾去由腿直至豚脛或青或紫或整或破竟無一點好處不覺失聲大哭起苦命的兒來因哭出苦命兒來又想起賈珠來便叫着賈珠哭道若有你活着便死一百個我也不管了此時裏面的人

聞得王夫人出來李紈鳳姐及迎探姊妹兩個也都出來了王夫人哭着賈珠的名字別人還可惟有李紈禁不住也抽抽搭搭的哭起來了賈政聽了那淚更似走珠一般滾了下來正沒開交處忽聽丫鬟來說老太太來了一言未了只聽窗外顫巍巍的聲氣說道先打死我再打死他就干淨了賈政見母親來了又急又痛連忙迎出來只見賈母扶着丫頭搖頭喘氣的走來賈政上前躬身陪笑說道大暑熱的天老太太有什麼吩咐何必自己走來只叫兒子進去吩咐便了賈母聽了便止步喘息一面厲聲道你原來和我說話我倒有話吩咐只是我一生沒養個好兒子却叫我和誰說去賈政聽這話不像忙跪下含淚說道兒子管他也爲的是光宗耀祖老太太這話兒子如何當的起賈母聽說便啐了一口說道我說了一句話你就禁不起你那樣下死手的板子難道寶玉兒就禁的起了你說教訓兒子是光宗耀祖當日你父親怎麼教訓你來着說着也不覺淚往下流賈政又陪笑道老太太也不必傷感都是兒子一時性急從此以後再不打他了賈母便冷笑兩聲道你也不必和我賭氣你的兒子自然你要打就打想來你也厭煩我們娘兒們不如我們早離了你大家干淨說着便命人去看轎我和你太太寶玉兒立刻回南京去家下人只得答應着賈母又叫王夫人道你也不必哭了如今寶玉兒年紀小你疼他他將來長

大為官作宦的也未必想着你是他母親了你如今倒是不疼他只怕將來還少生一口氣呢賈政聽說忙叩頭說道母親如此說兒子無立足之地了賈母冷笑道你分明使我無立足之地你反說起你來只是我們回去了你心裡干淨看有誰來不許你打一面說一面只命快打點行李車輛轎馬回去賈政直挺挺跪着叩頭謝罪賈母一面說一面來看寶玉只見今日這頓打不比往日又是心疼又是生氣也抱着哭個不了王夫人與鳳姐等解勸了一會方漸漸的止住早有丫鬟媳婦等上來要攙寶玉鳳姐便罵糊塗東西也不睜開眼瞧瞧這個樣兒怎麼攙着走的還不快進去把那藤屜子春凳擡出來呢眾人聽

了連忙飛跑進去果然抬出春凳來將寶玉放上隨著賈母王夫人等進去送至賈母屋裡彼時賈政見賈母怒氣未消不敢自便也跟着進來看看寶玉果然打重了再看看王夫人一聲肉一聲兒的哭道你替珠兒早死了留着珠兒也免你父親生氣我也不白操這半世的心了這會子你倘或有個好歹撂下我叫我靠那一個數落一場又哭不爭氣的兒賈政聽了也就灰心自已不該下毒手打到如此地步先勸賈母賈母含淚說道兒子不好原是要管的不該打到這個分兒你不出去還在這裡做什麼難道於心不足還要眼看著他死了纔算嗎賈政聽說方諾諾的退出去了此時薛姨媽寶釵香菱襲人湘雲等

也都在這裡襲人滿心委屈只不好十分使出來見衆人圍着灌水的灌水打扇的打扇自已插不下手去便索性走出門到二門前命小廝們找了焙茗來細問方纔好端端的爲什麼打起來你也不早來透個信兒焙茗急的說偏我沒在跟前打到半中間我纔聽見了忙打聽原故却是爲琪官兒和金釧兒姐姐的事襲人道老爺怎麽知道了焙茗道那琪官兒的事多半是薛大爺素昔吃醋沒法兒出氣不知在外頭挑唆了誰來在老爺跟前下的蛆那金釧兒姐姐的事大約是三爺說的我也是聽見跟老爺的人說襲人聽了這兩件事都對景心中也就信了八九分然後回來只見衆人都替寶玉療治調停完備賈

母命好生擡到他屋裡去衆人一聲答應七手八脚忙把寶玉送入怡紅院內自已床上卧好又亂了半日衆人漸漸的散去了襲人方纔進前來經心服侍細問要知端底究竟如何且聽下回分解

紅樓夢三十三回終

情中情因情感妹妹　錯裏錯以錯勸哥哥

話說襲人見賈母王夫人等去後便走來寶玉身邊坐下含淚問他怎麽就打到這步田地寶玉歎氣說道不過爲那些事問他做什麽只是下半截疼的狠你瞧瞧打壞了那裡襲人聽說便輕輕的伸手進去將中衣脫下略動一動寶玉便咬着牙叫噯喲襲人連忙停住手如此三四次纔褪下來了襲人看時只見腿上半段青紫都有四指濶的僵痕高起來襲人咬着牙說道我的娘怎麽下這般的狠手你但凡聽我一句話也不到這個分兒幸兒沒動筋骨倘或打出個殘疾來可叫人怎麽樣呢

正說着只聽丫鬟們說寶姑娘來了襲人聽見知道穿不及中衣便拿了一床夾紗被替寶玉蓋了只見寶釵手裡托著一丸藥走進來向襲人說道晚上把這藥用酒研開替他敷上把那淤血的熱毒散開就好了說畢遞與襲人又問這會子可好些寶玉一面道謝說好些了又讓坐寶釵見他睜開眼說話不像先時心中也寬慰了些便點頭歎道早聽人一句話也不至有今日別說老太太太太心疼就是我們看着心裡也剛說了半句又忙咽住不覺眼圈微紅雙腮帶赤低頭不語了寶玉聽得這話如此親切大有深意忽見他又咽住不往下說紅了臉低下頭含着淚只管弄衣帶那一種軟怯嬌羞輕憐痛惜之情竟

難以言語形容越覺心中感動將疼痛早已丟在九霄雲外去了想道我不過挨了幾下打他們一個個就有這些憐惜之態令人可親可敬假若我一時竟別有大故他們還不知何等悲感呢既是他們這樣我便一時死了得他們如此一生事業縱然盡付東流也無足歎惜了正想著只聽寶釵問襲人道怎麽好好的動了氣就打起來了襲人便把焙茗的話悄悄說了寶玉原來還不知賈環的話見襲人說出方纔知道因又拉上薛蟠惟恐寶釵沉心忙又止住襲人道薛大哥從來不是這樣你們別混猜度寶釵聽說便知寶玉是怕他多心用話攔襲人因心中暗暗想道打得這個形像疼還顧不過來還這樣細心怕得罪了人你既這樣用心何不在外頭大事上做工夫老爺也歡喜了也不能吃這樣虧你雖然怕我沉心所以攔襲人的話難道我就不知我哥哥素日恣心縱欲毫無防範的那種心性嗎當日為個秦鐘還鬧的天翻地覆自然如今比先又加利害了想畢因笑道你們也不必怨這個怨那個據我想到底寶兄弟素日肯和那些人來往老爺纔生氣就是我哥哥說話不防頭一時說出寶兄弟來也不是有心挑唆一則也是本來的實話二則他原不理論這些防嫌小事襲姑娘從小兒只見過寶兄弟這樣細心的人何曾見過我哥哥那天不怕地不怕心裡有什麽口裡說什麽的人呢襲人因說出薛蟠來見寶玉攔他

的話早已明白自已說造次了恐寳釵没意思聽寳釵如此說
更覺羞愧無言寳玉又聽寳釵這一番話半是堂皇正大半是
體貼自已的私心更覺比先心動神移方欲說話時只見寳釵
起身道明日再來看你好生養着罷方纔我拿了藥來交給襲
人晚上敷上管就好了說着便走出門去襲人赶着送出院外
說姑娘倒費心了改日寳二爺好了親自來謝寳釵回頭笑道
這有什麽的只勸他好生養著别胡思亂想就好了要想什麽
吃的頑的悄悄的往我那裡只管取去不必驚動老太太太太
衆人倘或吹到老爺耳聦裡雖然彼時不怎麽樣將來對景終
是要吃虧的說着去了襲人抽身回來心内著實感激寳釵進

來見寳玉沉思默默似睡非睡的模樣因而退出房外櫛沐寳
玉默默的躺在床上無奈臂上作痛如針挑刀挖一般更熱如
火炙略展轉時禁不住噯喲之聲那時天色將晚因見襲人去
了却有兩三個丫鬟伺候此時並無呼喚之事因說道你們且
去梳洗等我叫時再來衆人聽了也都退出這裡寳玉昏昏沉
沉只見蔣玉函走進來了訴說忠順府拿他之事一時又見金
釧兒進來哭說爲他投井之情寳玉半夢半醒剛要訴說前情
忽又覺有人推他恍恍惚惚聽得悲切之聲寳玉從夢中驚醒
睜眼一看不是别人却是黛玉猶恐是夢忙又將身子欠起來
向臉上細細一認只見他兩個眼睛腫得桃兒一般滿面淚光

不是黛玉卻是那個寶玉還欲看時怎奈下半截疼痛難禁支持不住便噯喲一聲仍舊倒下歎了口氣說道你又做什麼來了太陽纔落那地上還是怪熱的倘或又受了暑怎麼好呢我雖然捱了打卻也不狠覺疼痛這個樣兒是粧出來哄他們好在外頭佈散給老爺聽其實是假的你別信真了此時黛玉雖不是嚎啕大哭然越是這等無聲之泣氣噎喉堵更覺利害聽了寶玉這些話心中提起萬句言詞要說時卻不能說得半句半天方抽抽噎噎的道你可都改了罷寶玉聽說便長歎一聲道你放心別說這樣話我便爲這些人死了也是情願的一句話未了只見院外人說二奶奶來了黛玉便知是鳳姐來了連

忙立起身說道我從後院子裡去罷回來再來寶玉一把拉住道這又奇了好好的怎麼怕起他來了黛玉急得跺脚悄悄的說道你瞧瞧我的眼睛又該他們拿偺們取笑兒了寶玉聽說赶忙的放了手黛玉三步兩步轉過床後剛出了後院鳳姐從前頭已進來了問寶玉可好些了想什麼吃叫人往我那裡取去接着薛姨媽又來了一時賈母又打發了人來至掌燈時分寶玉只喝了兩口湯便昏昏沉沉的睡去接着周瑞媳婦吳新登媳婦鄭好時媳婦這幾個有年紀長來往的聽見寶玉捱了打也都進來襲人忙迎出來悄悄的笑道嬸娘們略來遲了一步二爺睡着了說着一面陪他們到那邊屋裡坐着倒茶給她

們吃那幾個媳婦子都悄悄的坐了一回向襲人說等二爺醒了你替我們說罷襲人答應了送他們出去剛要回來只見王夫人使個老婆子來說太太叫一個跟二爺的人呢襲人見說想了一想便回身悄悄的告訴晴雯麝月秋紋等人說太太叫人你們好生在屋裡我去了就來說畢同那老婆子一逕出了園子來至上房王夫人正坐在涼榻上搖著芭蕉扇子見他來了說道你不管叫誰來也罷了又撂下他來了誰伏侍他呢襲人見說連忙陪笑回道二爺纔睡了那四五個丫頭如今也好了會伏侍了太太請放心恐怕太太有什麼話吩咐打發他們來一時聽不明白到躭悞了事王夫人道也沒什麼話白問問

他這會子疼的怎麼樣了襲人道寶姑娘送來的藥我給二爺敷上了比先好些了先疼的躺不住這會子都睡沉了可見好些王夫人又問吃了什麼沒有襲人道老太太給的一碗湯喝了兩口只嚷乾渴要吃酸梅湯我想酸梅是個收歛東西剛纔捱打又不許叫喊自然急的熱毒熱血未免存在心裡倘或吃下這個去激在心裡再弄出病來那可怎麼樣呢因此我勸了半天纔沒吃只拿那糖醃的玫瑰滷子和了吃了小半碗嫌吃絮了不香甜王夫人道噯喲你何不早來和我說前日倒有人送了幾瓶子香露來原要給他一點子我怕胡糟塌了就沒給既是他嫌那玫瑰膏子吃絮了把這個拿兩瓶子去一碗水裡

只用挑上一茶匙就香的了不得呢說着就喚彩雲來把前日的那幾瓶香露拿了來襲人道只拿兩瓶來罷多也白糟塌等不彀再來取也是一樣彩雲聽了去了半日果然拿了兩瓶來付與襲人襲人看時只見兩個玻璃小瓶却有三寸大小上面螺絲銀蓋鵝黃箋上寫着木樨清露那一個寫著玫瑰清露襲人笑道好尊貴東西這麼個小瓶兒能有多少王夫人道那是進上的你沒看見鵝黃箋子你好生替他收着別糟塌了襲人答應着方要走時王夫人又叫站着我想起一句話來問你襲人忙又回來王夫人見房內無人便問道我恍惚聽見寶玉今日捱打是環兒在老爺跟前說了什麼話你可聽見這個話沒

有襲人道我倒沒聽見這個話只聽見說爲二爺認得什麼王府的戲子人家來和老爺說了爲這個打的王夫人搖頭說道也爲這個只是還有別的緣故呢襲人道別的緣故實在不知道又低頭遲疑了一會說道今日大膽在太太跟前說句冒撞話論理說了半截却又嚥住王夫人道你只管說襲人道太太別生氣我纔敢說王夫人道你說就是了襲人道論理寶二爺也得老爺教訓教訓纔好呢要老爺再不管不知將來還要做出什麼事來呢王夫人聽見了這話便點頭歎息由不得赶着襲人叫了一聲我的兒你這話說的很明白和我的心裡想的一樣其實我何曾不知道寶玉該管比如先時你珠大爺在我

是怎麽樣管他難道我如今倒不知管兒子了只是有個緣故
如今我想我已經五十歲的人了通共剩了他一個他又長的
单弱況且老太太寶貝是的要管緊了他倘或再有個好歹兒
或是老太太氣着那時上下不安倒不好所以就縱壞了他了
我時常掰着嘴兒說一陣勸一陣哭一陣彼時也好過後來還
是不相干到底吃了虧纔罷設若打壞了將來我靠誰呢說着
由不得又滴下淚來襲人見王夫人這般悲感自已也不覺傷
了心陪着落淚又道二爺是太太養的太太豈不心疼就是我
們做下人的伏侍一場大家落個平安也算造化了要這樣起
來連平安都不能了那一日那一時我不勸二爺只是再勸不

醒偏偏那些人又肯親近他也怨不得他這樣如今我們勸的
倒不好了今日太太提起這話來我還惦記着一件事要來回
太太討太太個主意只是我怕太太疑心不但我的話白說了
且連葬身之地都沒有了王夫人聽了這話內中有因忙問道
我的兒你只管說近來我因聽見衆人背前面後都誇你我只
說你不過在寶玉身上留心或是諸人跟前和氣這些小意思
誰知你方纔和我說的話全是大道理正合我的心事你有什
麽只管說什麽只別叫別人知道就是了襲人道我也沒什麽
別的說我只想着討太太一個示下怎麽變個法兒已後竟還
叫二爺搬出園外來住就好了王夫人聽了吃一大驚忙拉了

襲人的手問道寶玉難道和誰作怪了不成襲人連忙回道太太別多心並沒有這話這不過是我的小見識如今二爺也大了裡頭姑娘們也大了况且林姑娘寶姑娘又是兩姨姑表姐妹雖說是姐妹們到底是男女之分日夜一處起坐不方便由不得叫人懸心既蒙老太太和太太的恩典把我派在二爺屋裡如今跟在園中住都是我的干係太太想多有無心中做出有心人看見當做有心事反說壞了的倒不如預先防著點兒况且二爺素日的性格太太是知道的他又偏好在我們隊裡鬧倘或不防前後錯了一點半點不論真假人多嘴雜那起壞人的嘴太太還不知道呢心順了說的比菩薩還好心不順就

沒有忌諱了二爺將來倘或有人說好不過大家落個直過兒設若叫人哼出一聲不是來我們不用說粉身碎骨還是平常後來二爺一生的聲名品行豈不完了呢那時老爺太太也白疼了白操了心了不如這會子防避些似乎妥當太太事情又多一時固然想不到我們想不到便罷了既想到了要不回明了太太罪越重了近來我爲這件事日夜懸心又恐怕太太聽著生氣所以總沒敢言語王夫人聽了這話正觸了金釧兒之事直呆了半晌思前想後心下越發感愛襲人笑道我的兒你竟有這個心胸想得這樣週全我何曾又不想到這裡只是這幾次有事就混忘了你今日這話提醒了我難爲你這樣細心

真真好孩子也罷了你且去罷我自有道理只是還有一句話你如今既說了這樣的話我索性就把他交給你了好歹留點心兒別叫他糟塌了身子纔好自然不辜負你襲人低了一回頭方道太太吩咐敢不盡心嗎說着慢慢的退出回到院中寶玉方醒襲人回明香露之事寶玉甚喜即命調來吃果然香妙非常因心下惦着黛玉要打發人去只是怕襲人攔阻便設法先使襲人往寶釵那裡去借書襲人去了寶玉便命晴雯來吩咐道你到林姑娘那裡看他做什麼呢他要問我只說我好了晴雯道白眉赤眼兒的作什麼去呢到底說句話兒也像件事啊寶玉道沒有什麼可說的麼晴雯道或是送件東西或是取件東西不然我去了怎麼搭訕呢寶玉想了一想便伸手拿了兩條舊絹子撂與晴雯笑道也罷就說我叫你送這個給他去了晴雯道這又奇了他要這半新不舊的兩條絹子他又要惱了說你打趣他寶玉笑道你放心他自然知道晴雯聽了只得拿了絹子往瀟湘館來只見春纖正在欄杆上晾手巾見他進來忙搖手兒說睡下了晴雯走進來滿屋漆黑並未點燈黛玉已睡在床上問是誰晴雯忙答道晴雯黛玉道做什麼晴雯道二爺叫給姑娘送絹子來了黛玉聽了心中發悶暗想做什麼送絹子來給我因問這絹子是誰送他的必定是好的叫他留着送別人罷我這會子不用這個晴雯笑道不是新的就是家

常舊的黛玉聽了越發悶住了細心揣度一時方大悟過来連忙說放下去罷晴雯只得放下抽身回去一路盤算不解何意這黛玉體貼出絹子的意思來不覺神痴心醉想到寶玉能領會我這一番苦意又令我可喜我這番苦意不知將來可能如意不能又令我可悲要不是這個意思忽然好好的送兩塊帕子來竟又令我可笑了再想到私相傳遞又覺可懼他既如此我却每每煩惱傷心反覺可愧如此左思右想一時五內沸然由不得餘意纏綿便命掌燈也想不起嫌疑避諱等事研墨蘸筆便向那兩塊舊帕上寫道

眼空蓄淚淚空垂　暗灑閑拋更向誰

尺幅鮫綃勞惠贈　爲君那得不傷悲

其二

拋珠滾玉只偷潸　鎮日無心鎮日閒

枕上袖邊難拂拭　任他點點與斑斑

其三

綵線難收面上珠　湘江舊跡已模糊

牕前亦有千竿竹　不識香痕漬也無

那黛玉還要往下寫時覺得渾身火熱面上作燒走至鏡臺揭起錦袱一照只見腮上通紅真合壓倒桃花却不知病由此起一時方上床睡去猶拿着絹子思索不在話下却說襲人來見

寶釵誰知寶釵不在園内往他母親那裡去了襲人不便空手回來等至起更寶釵方回原來寶釵素知薛蟠情性心中已有一半疑是薛蟠挑唆了人來告寶玉了誰知又聽襲人說出來越發信了究竟襲人是焙茗說的那焙茗也是私心窺度並未據實大家都是一半猜度竟認作十分真切了可笑那薛蟠因素日有這個名聲其實這一次却不是他幹的竟被人生生的把個罪名坐定這日正從外頭吃了酒回來見過了母親只見寶釵在這裡坐着說了幾句閒話兒忽然想起因問道聽見寶玉挨打是爲什麼薛姨媽正爲這個不自在見他問時便咬着牙道不知好歹的冤家都是你閙的你還有臉來問薛蟠見說

便怔了忙問道我閙什麼薛姨媽道你還裝腔呢人人都知道是你說的薛蟠道人人說我殺了人也就信了罷薛姨媽道連你妹妹都知道是你說的難道他也賴你不成寶釵忙勸道媽媽和哥哥且別叫喊消消停停的就有個青紅皂白了又向薛蟠道是你說的也罷不是你說的也罷事情也過去了不必較正把小事倒弄大了我只勸你從此以後少在外頭胡閙少管別人的事天天一處大家胡逛你是個不妨頭的人過後沒事就罷了倘或有事不是你幹的人人都也疑惑說是你幹的不用別人我先就疑惑你薛蟠本是個心直口快的人見不得這樣藏頭露尾的事又是寶釵勸他別再胡逛去他母親又說他犯

舌寶玉之打是他治的早已惹得亂跳賭神發誓的分辯又罵衆人誰這麼編派我我把那囚攮的牙敲了分明是爲打了寶玉沒的獻勤兒拿我來做幌子難道寶玉是天王他父親打他一頓一家子定要鬧幾天那一回爲他不好姨父打了他兩下子過後兒老太太不知怎麼知道了說是珍大哥治的好好兒的叫了去罵了一頓今日越發拉上我了既拉上我也不怕索性進去把寶玉打死了我替他償命一面嚷一面找起一根門閂來就跑慌的薛姨媽拉住罵道作死的孽障你打誰去你先打我來薛蟠的眼急的銅鈴一般嚷道何苦來又不叫我去爲什麼好好的賴我將來寶玉活一日我就一日的口舌不如大

家死了清淨寶釵忙也上前勸道你忍奈些兒罷媽媽急的這個樣兒你不說來勸你倒反鬧的這樣別說是媽媽就是旁人來勸你也是爲好倒把你的性子勸上來薛蟠道這會子又說這話都是你說的寶釵道你只怨我說再不怨你那顧前不顧後的形景薛蟠道你只會怨我顧前不顧後你怎麼不怨寶玉外頭招風惹草的呢別說別的就拿前日琪官兒的事比給你們聽那琪官兒我們見了十來次他並沒和我說一句親熱話怎麼前兒他見了連姓名還不知道就把汗巾子給他難道這也是我說的不成薛姨媽和寶釵急的說道還提這個可不是爲這個打他呢可見是你說的了薛蟠道眞眞的氣死人了

賴我說的我不惱我只氣一個寶玉鬧的這麼天翻地覆的寶釵道誰鬧來着你先持刀動杖的鬧起來倒說別人鬧薛蟠見寶釵說的話句句有理難以駁正比母親的話反難回答因此便要設法拿話堵回他去就無人敢攔自己的話了也因正在氣頭兒上未曾想話之輕重便道好妹妹你不用和我鬧我早知道你的心了從先媽媽和我說你這金鎖要揀有玉的纔可配你留了心見寶玉有那勞什子你自然如今行動護着他話未說了把個寶釵氣怔了拉着薛姨媽哭道媽媽你聽哥哥說的是什麼話薛蟠見妹子哭了便知自己冒撞便賭氣走到自己屋裡安歇不提寶釵滿心委屈氣忿待要怎樣又怕他母親不安少不得含淚別了母親各自回來到屋裡整哭了一夜次日一早起來也無心梳洗胡亂整理了衣裳便出來瞧母親可巧遇見黛玉獨立在花陰之下問他那裡去寶釵因說家去口裡說着便只管走黛玉見他無精打彩的去了又見眼上好似有哭泣之狀大非往日可比便在後面笑道姐姐也自己保重些兒就是哭出兩缸淚來也醫不好棒瘡不知寶釵如何答對

且聽下回分解

紅樓夢第三十四回終

紅樓夢第三十五回

白玉釧親嘗蓮葉羹　黃金鶯巧結梅花絡

話說寶釵分明聽見黛玉刻薄他因惦記着母親哥哥並不回頭一徑去了這裡黛玉仍舊立於花陰之下遠遠的却向怡紅院內望着只見李紈迎春探春惜春並丫鬟人等都向怡紅院內去過之後一起一起的散盡了只不見鳳姐兒來心裡自已盤算說道他怎麽不來瞧瞧寶玉呢便是有事纏住了他必定也是要來打個花胡哨討老太太太太的好兒纔是呢今兒這早晚不來必有原故一面猜疑一面抬頭再看時只見花花簇簇一羣人又向怡紅院內來了定睛看時都是賈母搭着鳳姐

的手後頭邢夫人王夫人跟着周姨娘並丫頭媳婦等人都進院去了黛玉看了不覺點頭想起有父母的好處來早又淚珠滿面少頃只見薛姨媽寶釵等也進去了忽見紫鵑從背後走來說道姑娘吃藥去罷開水又冷了黛玉道你到底要怎麽樣只是催我吃不吃與你什麽相干紫鵑笑道咳嗽的纔好了些又不吃藥了如今雖是五月裡天氣熱到底也還該小心些大清早起在這個潮地上站了半日也該回去歇歇了一句話提醒了黛玉方覺得有點兒腿酸呆了半日方慢慢的扶着紫鵑回到瀟湘館來一進院門只見滿地下竹影參差苔痕濃淡不覺又想起西廂記中所云幽僻處可有人行點蒼苔白露冷冷

二句來因暗暗的嘆道雙文雖然命薄尚有孀母弱弟今日我黛玉之薄命一併連孀母弱弟俱無想到這裡又欲滴下淚來不防廊下的鸚哥見黛玉來了嘎的一聲撲了下來倒嚇了一跳因說道你作死呢又搧了我一頭灰那鸚哥又飛上架去便叫雪雁快掀簾子姑娘來了黛玉便止住步以手扣架道添了食水不曾那鸚哥便長嘆一聲竟大似黛玉素日吁嗟音韻接著念道儂今葬花人笑痴他年葬儂知是誰黛玉紫鵑聽了都笑起來紫鵑笑道這都是素日姑娘念的難為他怎麼記了黛玉便命將架摘下來另掛在月洞窗外的鉤上於是進了屋子在月洞窗內坐了吃畢藥只見窗外竹影映入紗窗滿屋內陰

陰翠潤几簟生凉黛玉無可釋悶便隔着紗窗調逗鸚哥做戲又將素日所喜的詩詞也教與他念這且不在話下且說寶釵來至家中只見母親正梳頭呢看見他進來便笑着說道你這麼早就梳上頭了寶釵道我瞧瞧媽媽身上好不好昨兒我去了不知他可又過來鬧了沒有一面說一面在他母親身旁坐下由不得哭將起來薛姨媽見他一哭自己掌不住也就哭了一場一面又勸他我的兒你別委屈了你等我處分那孽障你要有個好歹叫我指望那一個呢薛蟠在外聽見連忙的跑過來對著寶釵左一個揖右一個揖只說好妹妹恕我這次罷原是我昨兒吃了酒回來的晚了路上撞客着了來家沒醒不知

胡說了些什麼連自巳也不知道怨不得你生氣寶釵原是掩面而哭聽如此說由不得也笑了遂抬頭向地下啐了一口說道你不用做這些像生兒了我知道你的心裡多嫌我們娘兒們你是變着法兒叫我們離了你就心淨了薛蟠聽說連忙笑道妹妹這從那裡說起妹妹從來不是這麼多心說歪話的人哪薛姨媽忙又接着道你只會聽你妹妹的歪話難道昨兒晚上你說的那些話就使得媽當真是你發昏了薛蟠道媽媽也不必生氣妹妹也不用煩惱從今巳後我再不和他們一塊兒喝酒了好不好寶釵笑道這纔明白過來了薛姨媽道你要有個橫勁那龍也下蛋了薛蟠道我要再和他們一處喝妹妹聽

見了只管啐我再叫我畜生不是人如何何苦來爲我一個人娘兒兩個天天兒操心媽媽爲我生氣還猶可要只管叫妹妹爲我操心我更不是人了如今父親沒了我不能多孝順媽媽多疼妹妹反叫娘母子生氣妹妹煩惱連個畜生不如了口裡說着眼睛裡掌不住掉下淚來薛姨媽本不哭了聽他一說又傷起心來寶釵勉强笑道你鬧彀了這會子又來招着媽媽哭了薛蟠聽說忙收淚笑道我何曾招媽媽哭來着罷罷罷扔下這個別提了叫香菱來倒茶妹妹喝寶釵道我也不喝茶等媽媽洗了手我們就進去了薛蟠道妹妹的項圈我瞧瞧只怕該炸一炸去了寶釵道黄澄澄的又炸他做什麼薛蟠又道妹妹

如今也該添補些衣裳了要什麼顏色花樣告訴我寶釵道連那些衣裳我還沒穿遍了又做什麼一時薛姨媽換了衣裳拉着寶釵進去薛蟠方出去了這裡薛姨媽和寶釵進園來看寶玉到了怡紅院中只見抱廈裡外廻廊上許多丫頭老婆站著便知賈母等都在這裡母女兩個進來大家見過了只見寶玉躺在榻上薛姨媽問他可好些寶玉忙欲欠身口裡答應著好些又說只管驚動姨娘姐姐我當不起薛姨媽忙扶他睡下又問他想什麼只管告訴我寶玉笑道我想起來自然和姨娘要去王夫人又問你想什麼吃回來好給你送來寶玉笑道也倒不想什麼吃倒是那一回做的那小荷葉兒小蓮蓬兒的湯還

好些鳳姐一旁笑道都聽聽口味倒不算高貴只是太磨牙了巴巴兒的想這個吃賈母便一叠連聲的叫做去鳳姐笑道老祖宗别急我想想這模子是誰收着呢因回頭吩咐個老婆問管厨房的去要那老婆去了半天來回話管厨房的說四付湯模子都繳上來了鳳姐聽說又想了一想道我也記得交上了就只不記得交給誰了多半是在茶房裡又遣人去問管茶房的也不曾收次後還是管金銀器的送了來了薛姨媽先接過來瞧時原來是個小匣子裡面裝着四付銀模子都有一尺多長一寸見方上面鑿着豆子大小也有菊花的也有梅花的也有蓮蓬的也有菱角的共有三四十樣打的十分精巧因笑

向賈母王夫人道你們府上也都想絕了吃碗湯還有這些樣子要不說出來我見了這個也不認得是做什麼用的鳳姐兒也不等人說話便笑道姑媽不知道這是舊年備膳的時候兒他們想的法兒不知弄什麼麪印出來借點新荷葉的清香全仗着好湯我吃着究竟也沒什麼意思誰家長吃他那一回呈樣做了一回他今兒怎麼想起來了說着接過來遞與個婦人吩咐厨房裡立刻拿幾隻雞另外添了東西做十碗湯來王夫人道要這些做什麼鳳姐笑道有個原故這一宗東西家常不大做今兒寶兄弟提起來了單做給他吃老太太姑媽太太都不吃似乎不大好不如就勢兒弄些大家吃吃托賴着連我也

嘗個新兒賈母聽了笑道猴兒把你乖的拿着官中的錢做人情說的大家笑了鳳姐忙笑道這不相干這個小東道兒我還孝敬的起便回頭吩咐婦人說給厨房裡只管好生添補着做了在我賬上領銀子婆子答應着去了寶釵一旁笑道我來了這麼幾年留神看起來二嫂子憑他怎麼巧再巧不過老太太賈母聽說便答道我的兒我如今老了那裡還巧什麼當日我像鳳丫頭這麼大年紀比他還來得呢他如今雖說不如我也就算好了比你姨娘强遠了你姨娘可憐見的不大說話和木頭是的公婆跟前就不獻好兒鳳兒嘴乖怎麼怨得人疼他寶玉笑道要這麼說不大說話的就不疼了賈母道不大說話的

又有不大說話的可疼之處嘴乖的也有一宗可嫌的倒不如不說的好寶玉笑道這就是了我說大嫂子倒不大說話呢老太太也是和鳳姐姐一樣的疼要說单是會說話的可疼這些姐妹裡頭也只鳳姐姐和林妹妹可疼了賈母道提起姐妹不是我當著姨太太的面奉承千真萬真從我們家裡四個女孩兒算起都不如寶丫頭薛姨媽聽了忙笑道這話是老太太說偏了王夫人忙又笑道老太太時常背地裡和我說寶丫頭好這倒不是假話寶玉勾着賈母原為要讚黛玉不想反讚起寶釵來倒也意出望外便看着寶釵一笑寶釵早扭過頭去和襲人說話去了忽有人來請吃飯賈母方立起身來命寶玉好生

養着罷把丫頭們又囑咐了一回方扶著鳳姐兒讓着薛姨媽大家出房去了猶問湯好了不曾又問薛姨媽等想什麼吃只管告訴我我有本事叫鳳丫頭弄了來偺們吃薛姨媽笑道老太太也會慪他時常他弄了東西來孝敬究竟又吃不多兒鳳姐兒笑道姑媽倒别這麼說我們老祖宗只是嫌人肉酸要不嫌人肉酸早已把我還吃了呢一句話沒說了引的賈母眾人都哈哈的大笑起來寶玉在屋裡也掌不住笑了襲人笑道真真的二奶奶的嘴怕死人寶玉伸手拉着襲人笑道你站了這半日可乏了一面說一面拉他身旁坐下襲人笑道可是又忘了趁寶姑娘在院子裡你和他說煩他們鶯兒來打上幾根絛

丫寶玉笑道罷了你提起來說着便仰頭向窗外道寶姐姐吃
過飯叫鶯兒來煩他打幾根絛子可得閑兒寶釵聽見回頭道
是了一會兒就叫他來賈母等尚未聽真都止步問寶釵何事
寶釵說明了賈母便說道好孩子你叫他來替你兄弟打幾根
罷你要人使我那裡閑的丫頭多着的呢你喜歡誰只管叫來
使喚薛姨媽寶釵等都笑道只管叫他來做就是了有什麼使
喚的去處他天天也是閑着淘氣大家說着往前正走忽見湘
雲平兒香菱等在山石邊掐鳳仙花呢見了他們走來都迎上
來了少頃出至園外王夫人恐賈母乏了便欲讓至上房內坐
賈母也覺脚酸便點頭依允王夫人便命丫頭忙先去鋪設坐

位那時趙姨娘推病只有周姨娘與那老婆丫頭們忙着打簾
子立靠背鋪褥子賈母扶着鳳姐兒進來與薛姨媽分賓主坐
了寶釵湘雲坐在下面王夫人親自捧了茶來奉與賈母李宮
裁捧與薛姨媽賈母向王夫人道讓他們小妯娌們伏侍你
在那裡坐下好說話兒王夫人方向一張小杌子上坐下便吩
咐鳳姐兒道老太太的飯放在這裡添了東西來鳳姐兒答應
出去便命人去賈母那邊告訴那邊的老婆們忙往外傳了丫
頭們忙都赶過來王夫人便命請姑娘們去請了半天只有探
春惜春兩個來了迎春身上不耐煩不吃飯那黛玉是不消說
十頓飯只好吃五頓眾人也不着意了少頃飯至眾人調放了

桌子鳳姐兒用手巾裹了一把牙筯站在地下笑道老祖宗和姨媽不用讓還聽我說就是了賈母笑向薛姨媽道我們就是這樣薛姨媽笑着應了於是鳳姐放下四雙筯上面兩雙是賈母薛姨媽兩邊是寶釵湘雲的王夫人李宫裁等都站在地下看著放菜鳳姐先忙著要干淨傢伙來替寶玉揀菜少頃蓮葉湯來了賈母看過了王夫人回頭見玉釧兒在那裡便命玉釧兒與寶玉送去鳳姐道他一個人難拿可巧鶯兒和同喜都來了寶釵知道他們已吃了飯便向鶯兒道寶二爺正叫你去打絛子你們兩個同去罷鶯兒答應着和玉釧兒出來鶯兒道這麼遠怪熱的那可怎麼端呢玉釧兒笑道你放心我自有道理

說著便命一個婆子來將湯飯等類放在一個捧盒裡命他端了跟著他兩個却空著手走一直到了怡紅院門口玉釧兒方接過來了同著鶯兒進入房中襲人麝月秋紋三個人正和寶玉頑笑呢見他兩個來了都忙起來笑道你們兩個來的怎麼碰巧一齊來了一面說一面接過來玉釧兒便向一張杌子上坐下鶯兒不敢坐襲人便忙端了個脚踏來鶯兒還不敢坐寶玉見鶯兒來了郄倒十分歡喜見了玉釧兒便想起他姐姐金釧兒來了又是傷心又是慚愧便把鶯兒丟下且和玉釧兒說話襲人見把鶯兒不理恐鶯兒沒好意思的又見鶯兒不肯坐便拉了鶯兒出來到那邊屋裡去吃茶說話兒去了這裡麝月

等預備了碗飯來伺候吃飯寶玉只是不吃問玉釧兒道你母
親身上好玉釧兒滿臉嬌嗔正眼也不看寶玉半日方說了一
個好字寶玉便覺沒趣半日只得又陪笑問道誰叫你替我送
來的玉釧兒道不過是奶奶太太們寶玉見他還是哭喪着臉
便知他是爲金釧兒的原故待要虛心下氣哄他又見人多不
好下氣的因而便尋方法將人都支出去然後又陪笑問長問
短那玉釧兒先雖不欲理他只管見寶玉一些性氣也沒有憑
他怎麼喪謗還是溫存和氣自己倒不好意思的了臉上方有
三分喜色寶玉陪笑央道好姐姐你把那湯端了來我嘗嘗玉
釧兒道我從不會喂人東西等他們來了再喝寶玉笑道我不

是要你喂我我因爲走不動你遞給我喝了你好趕早回去交
代了好吃飯去我只管躭悞了時候豈不餓壞了你你要懶怠
動我少不得忍着疼下去取去說着便要下床扎掙起來禁不
住噯喲之聲玉釧兒見他這般也忍不過起身說道躺下去罷
那世裡造的孽這會子現世現報叫我那一個眼睛睄的上一
面說一面嗤的一聲又笑了端過湯來寶玉笑道好姐姐你要
生氣只管在這裡生罷見了老太太太太可和氣着些若還這
樣你就要捱罵了玉釧兒道吃罷吃罷你不用和我甜嘴蜜舌
的了我都知道啊說着催寶玉喝了兩口湯寶玉故意說不好
吃玉釧兒撇嘴道阿彌陀佛這個還不好吃也不知什麼好吃

呢寶玉道一點味兒也没有你不信嚐一嚐就知道了玉釧兒果真賭氣嚐了一嚐寶玉笑道這可好吃了玉釧兒聽說方解過他的意思來原是寶玉哄他喝一口便說道你旣說不喝這會子說好吃也不給你喝了寶玉只管陪笑央求要喝玉釧兒又不給他一面又叫人打發吃飯丫頭方進來時忽有人來回話說傅二爺家的兩個嬤嬤來請安來見二爺寶玉聽說便知是通判傅試家的嬤嬤來了那傅試原是賈政的門生原來都賴賈家的名聲得意賈政也着實看待與別的門生不同他那裡常遣人來走動寶玉素昔最厭勇男蠢婦的今日却如何又命這兩個婆子進來其中原來有個緣故只因那寶玉聞得傅

試有個妹子名喚傅秋芳也是個瓊閨秀玉常聽人說才貌俱全雖自未親覩然遐思遥愛之心十分誠敬不命他每進來恐薄了傅秋芳因此連忙命讓進來那傅試原是暴發的因傅秋芳有幾分姿色聰明過人那傅試安心仗着妹子要與豪門貴族結親不肯輕意許人所以躭悮到如今目今傅秋芳已二十三歲尚未許人怎奈那些豪門貴族又嫌他本是窮酸根基淺薄不肯求配那傅試與賈家親密也自有一段心事今日遣來的兩個婆子偏偏是極無知識的聞得寶玉要見進來只剛問了好說了没兩句話那玉釧兒見生人來也不和寶玉厮鬧了手裡端着湯却只顧聽寶玉又只顧和婆子說話一面吃飯伸

手去要湯兩個人的眼睛都看著人不想伸猛了手便將碗撞翻將湯潑了寶玉手上玉釧兒倒不曾燙着唬了一跳忙笑道這是怎麼了慌的丫頭們忙上來接碗寶玉自己燙了手倒不覺的只管問玉釧兒燙了那裡了疼不疼玉釧兒和衆人都笑了玉釧兒道你自已燙了只管問我寶玉聽了方覺自已燙了衆人上來連忙收拾寶玉也不吃飯了洗手吃茶又和那兩個婆子說了兩句話然後兩個婆子告辭出去晴雯等送至橋邊方回那兩個婆子見沒人了一行走一行談論這一個笑道怪道有人說他們家的寶玉是相貌好裡頭糊塗中看不中吃果然竟有些獃氣他自已燙了手倒問別人疼不疼這可不是獃

子嗎那個又笑道我前一回來還聽見他家裡許多人說千真萬真有些獃氣大雨淋的水雞兒是的他反告訴別人下雨了快避雨去罷你說可笑不可笑時常沒人在跟前就自哭自笑的看見燕子就和燕子說話河裡看見了魚就和魚兒說話見了星星月亮他不是長吁短嘆的就是咕咕噥噥的且一點剛性兒也沒有連那些毛丫頭的氣都受到了愛惜起東西來連個線頭兒都是好的遭塌起來那怕值千值萬都不管了兩個人一面說一面走出園來回去不在話下且說襲人見人去了便攜了鶯兒過來問寶玉打什麼絛子寶玉笑向鶯兒道纔只顧說話就忘了你了煩你來不爲別的替我打幾根絡子鶯兒

道裝什麽的絡子寶玉見問便笑道不管裝什麽的你都每樣打幾個罷鶯兒拍手笑道這還了得要這樣十年也打不完了寶玉笑道好姑娘你閒着也沒事都替我打了罷襲人笑道那裡一時都打的完如今先揀要緊的打幾個罷鶯兒道什麽要緊不過是扇子香墜兒汗巾子寶玉道汗巾子就好鶯兒道汗巾子是什麽顏色寶玉道大紅的鶯兒道大紅的須是黑絡子纔好看或是石青的纔壓得住顏色寶玉道松花色配什麽鶯兒道松花配桃紅寶玉笑道這纔嬌艷再要雅淡之中帶些嬌艷鶯兒道葱綠柳黄可倒還雅致寶玉道也罷了也打一條桃紅再打一條葱綠鶯兒道什麽花樣呢寶玉道也有幾樣花樣

鶯兒道一炷香朝天凳象眼塊方勝連環梅花柳葉寶玉道前兒你替三姑娘打的那花樣是什麽鶯兒道是攢心梅花寶玉道就是那樣好一面說一面襲人剛拿了線來窗外婆子說姑娘們的飯都有了寶玉道你們吃飯去快吃了來罷襲人笑道有客在這裡我們怎麽好意思去呢鶯兒一面理線一面笑道這打那裡說起正經快吃去罷襲人等聽說方去了只留下兩個小丫頭呼喚寶玉一面看鶯兒打絡子一面說閒話因問他十幾歲了鶯兒手裡打著一面答話十五歲了寶玉道你本姓什麽鶯兒道姓黄寶玉笑道這個姓名倒對了果然是個黄鶯兒鶯兒笑道我的名字本來是兩個字叫做金鶯姑娘嫌拗口

只單叫鶯兒如今就叫鬧了寶玉道寶姐姐也就算疼你了明兒寶姐姐出嫁少不得是你跟了去了鶯兒抿嘴一笑寶玉笑道我常常和你花大姐姐說明兒也不知那一個有造化的消受你們主兒兩個呢鶯兒笑道你還不知我們姑娘有幾樣世上的人沒有的好處呢模樣兒還在其次寶玉見鶯兒嬌腔婉轉語笑如痴早不勝其情了那堪更提起寶釵來便問道什麼好處你細細兒的告訴我聽鶯兒道我告訴你你可不許告訴他寶玉笑道這個自然正說着只聽見外頭說道怎麼這麼靜悄悄的二人回頭看時不是別人正是寶釵來了寶玉忙讓坐寶釵坐下因問鶯兒打什麼呢一面問一面向他手裡去瞧纔打了半截兒寶釵笑道這有什麼趣兒倒不如打個絡子把玉絡上呢一句話提醒了寶玉便拍手笑道倒是姐姐說的是我就忘了只是配個什麼顏色纔好寶釵道用鴉色斷然使不得大紅又犯了色黃的又不起眼黑的太暗依我說竟把你的金線拿來配着黑珠兒線一根一根的拈上打成絡子那纔好看寶玉聽說喜之不盡一疊連聲就叫襲人來取金線正值襲人端了兩碗菜走進來告訴寶玉道今兒奇怪剛纔太太打發人給我送了兩碗菜來寶玉笑道必定是今兒菜多送給你們大家吃的襲人道不是說指名給我的還不叫過去磕頭這可是奇了寶釵笑道給你的你就吃去這有什麼猜疑的襲人道從

來沒有的事倒叫我不好意思的寶釵抿嘴一笑說道這就不好意思了明兒還有比這個更叫你不好意思的呢襲人聽了話內有因素知寶釵不是輕嘴薄舌奚落人的自已想起上日王夫人的意思來便不再提了將菜給寶玉看了說洗了手來拿線說畢便一直出去了吃過飯洗了手進來拿金線給鶯兒打絡子此時寶釵早被薛蟠遣人來請出去了這裡寶玉正看着打絡子忽見邢夫人那邊遣了兩個丫頭送了兩樣菓子來給他吃問他可走得了麼要走的動叫哥兒明兒過去散散心太太着實惦記着呢寶玉忙道要走得了必定過來請太太的安去疼的比先好些請太太放心罷一面叫他兩個坐下一面

又叫秋紋來把纔那菓子拿一半送給林姑娘去秋紋答應了剛欲去時只聽黛玉在院內說話寶玉忙叫快請要知端底且看下回分解

紅樓夢第三十五回終